바람의 무늬

강미옥 사진시집

북즐 시선 03

바람의 무늬

펴 낸 날 초판 1쇄 2020년 02월 20일

지 은 이 강미옥
펴 낸 곳 투데이북스
펴 낸 이 이시우
교정 · 교열 김지연
편집 디자인 박정호
출판등록 2011년 3월 17일 제 307-2013-64 호
주   소 서울특별시 성북구 아리랑로 19길 86, 상가동 104호
대표전화 070-7136-5700 팩 스 02) 6937-1860
홈페이지 http://www.todaybooks.co.kr
페이스북 http://www.facebook.com/todaybooks
전자우편 ec114@hanmail.net

ISBN 978-89-98192-83-9 03810

ⓒ 강미옥

이 도서의 국립중앙도서관 출판예정도서목록(CIP)은 서지정보유통지원시스템
홈페이지(http://seoji.nl.go.kr)와 국가자료종합목록시스템(http://www.nl.go.
kr/kolisnet)에서 이용하실 수 있습니다.(CIP제어번호: CIP2020003215)

북즐 시선 03

바람의 무늬

강미옥 사진시집

투데이북스
TodayBooks

시인의 말

잔 가지가 아프도록
바람이 불었다.

꽃이 피어나고
기억의 그늘이 있던 자리
또다시 새로운 씨눈이 돋아났다.

가지마다 눈부신 시간의
흔적들이 내려앉았다.

투명한 유리알에
새로운 파장으로 색을 입혀
꿰어 놓는다.

마. 침. 표는
또 하나의 시작이 된다.

차례

제1부

제2부

제3부

제4부

제1부

소년의 강

동생과 나는 두메산골
시냇가에 종이배를 띄워 보냈지

아버지 따라 물길 따라
흘러온 강나루 마을
언젠간 또 큰 바다 항구로 떠날지 몰라

바람의 무늬 1

그에게도
빛이 있고
어둠이 있고
얼굴이 있구나

바람의 무늬 2

능선을 밟고
모래 위로 지나가는 동안에도
바람은 흔적을 지우지 않았다
빛이 그늘을 드리우고
어둠이 고요로 남을 때까지도
문득 지나가게 내버려 두지 않았다

잉태

하늘에서 눈이 되어 내려오고
둥글게 준비한 땅이 만났네

순결한 탄생은
고요하게
무에서 유를 창조하는 것

욕망의 높이

닿을 수 없는 높이에서
불빛들, 광란하고 있다

인간이 지어 놓은 도시는
욕망에 흔들리고 있다

돈과 탐욕이 쌓아 놓은 바벨탑

꿈이 변해버린 마천루는
언제나 목마르다

얼마나 높이 오르고 싶을까

포화 속의 성자

포병 출신 김 씨는
한 방에 울분을 터뜨려준다
그는 시골 오일장 떠돌며
가슴속 응어리들 뜨겁게 돌린다
산산이 부서진 스트레스여
허공에 자욱한 한(恨)이여
대포나 폭탄 없이도
순간의 굉음으로 소멸시킨다

회상 1

모질었던 상처도
가끔은 아름답게 다가온다
저마다 건너지 못할 강물 하나 품고서
돌아앉은 나날들

오래 되어도 아득하게 빛나는 것
세월의 뒤안길에서 깨어진 어제처럼
서서히 낡아가는 것들
꽃은 사람을 아름답게 한다

흔들리는 몸 다시 가눈 곳에
뎅그렁 뎅그렁
길 옆에서 만난 도라지 꽃
내 안에 새로운 길 하나 피운다

세월의 순환법

노인정에 가면
날마다 반복되는 그 말이 그 말

오래 묵은 생각들
봉다리에 싸서 앉아 있으면
쌓였던 회한들 하나 둘 팔려 나간다

천년 농다리

수많은 세월이 어떻게 건넜을까
얼마나 많은 사연이 흘렀을까

요르단강 있다면, 이곳엔 세금천이 있다
생거진천 사거용인(生居鎭川 死居龍仁)
생과 영원한 삶 사이 물길을 건넌다

물 안뜰 상여소리

처음 왔던 그 가락
마지막 흔드는 손으로
물 안뜰 깊이깊이
눈물방울 번져간다

바람에 실려 구름에 실려
논두렁 지나 개울 지나
언덕을 오르는 꽃상여 뒤로
아낙네 치맛자락에 곡소리 물결 진다

딴 세상 여는 상여소리
올올이 깃발로 나부끼고
남겨놓고 가는 말
목줄기마다 차오른다

만가

오고 감, 한순간의 몸짓인가
구름 타고 바람에 흘러

모였다
흩어졌다

끝나지 않은 말들
한나절을 울고

화려한 적멸

빈 손으로 와서
불필요한 것 갖지 않고
모든 것 다 버리고 간다

일어나는 불길에
땅 위의 시간도
하늘 위로 타오른다

뜨거움은 연꽃으로 피어
한 줌의 재는 꽃잎으로 날아간다

지상의 꿈 천상으로 가닿는다
불꽃에 누운
저 화려한 적멸

여명의 바다

어두운 밤의 서늘함이
뜨겁게 달아오르는 시간이다

바다가 삶아지는 순간
하루가 뜨거워지는 찰나
수많은 멸치들의 유영은 박제가 된다

멸치털이

그물은 언제나
바다의 무게로 휘청거리지만
만선의 닻이 항구에 머물면
해변은 온통 은빛 비늘이다

그들의 행로

어둠과 빛이 뒤섞여
혼신의 힘으로 지켜온 공간
얼어붙은 바다에 몸이 묶일 때
어부들의 비명 들리고
예고 없이 하늘 열리는 소리에
무심한 별들만 쏟아져 내렸지

하늘은 눈망울조차 청명했다
우리는 서로의 체온을 나누며
소주 한 잔으로 달아오른 마음들에게
연탄불에서 이리저리 뒤척였지
흐트러진 몸은 흔적도 없이 흐르다가
낯선 항구에서 잠이 들리라

실버 음악회

수십 년 굴러온 바퀴가
오래된 꽃의 노래를 듣는다

그래도 꽃은 꽃이다
저렇게 붉게 피어나고 있지 않은가

삶

굽은 등 하늘에 얹고
지나온 날을 삶는다

살아온 굽이만큼 질겨진 줄기
뜨거운 솥을 지나면
나긋나긋 해 지는 시간

여보게, 친구

우리보다 더 빨리
한 해가 저물고 있네
사는 동안
우리들의 줄타기는
늘 아슬아슬했지만
그래도 끊어지지 않은 채
묵묵히 달려왔지 않은가

이제 바람과 함께 서서
저 편한 하늘을
바라보기만 하세
여보게 친구
그래도 우리에겐
세월 타고 건너오는
저 달이 있지 않은가

아버지의 하루

이른 새벽부터
흙먼지와 몸을 섞는다

주름살 흰머리 세월 속에 묻어놓고
당신의 그림자
나날이 깊게 패어간다

거친 손등 옷소매를 타고
진흙덩이들 식솔처럼 달라붙는다

삶의 굽이마다 빼곡한 주름살
시들어 가는 힘줄은
그래도 논두렁을 달린다

제2부

공(空) 1

길 찾아 방황하던 것들
텅 빈 빛으로 담겨 있네

지금은 안과 밖
모두 고요해질 시간

공(空) 2

비우고 또 비운 발걸음
비운 것조차 다시 비우니
둥글게 휘어진 돌다리마저 가볍다

가볍고 가볍다

모래톱은 숨 쉬고 싶다

물길이 만들어 놓은 흔적은
꿈꾸는 섬과 같아서
많은 이야기
물새 발자국이 들려준다

물결이 쌓인 자리는
수많은 소리가 담긴
레코드판이다

파도의 숨쉬기는
멈추지 않는다
모래톱을 두드리는 게
저만의 호흡법

은빛 모래와 윤슬은
하루에 한 번
금빛이 된다

영랑의 계절

그는 지금도 사랑채에서 책을 읽는다

눈빛은 창호지를 뚫고
우물가 장독을 에워 핀 모란은
그 시절을 불러온다

꽃망울 문 여는 꿈을 꾸던 그때는
모란이 질 것을 걱정하지 않았다

그러나 절망처럼 뚝뚝 지던 목숨은
다시 핀다는 희망 놓은 적 없었다
그의 느린 숨결, 낙엽으로 흩날려도
우리의 가슴에서 푸른 나무로 자라고 있다

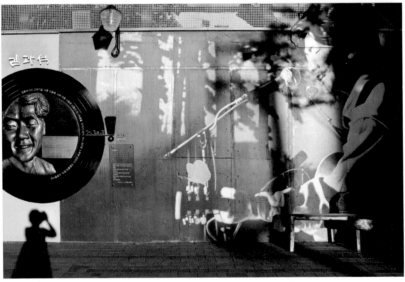

김광석 벽화 거리에서

골목골목 바람이 새어 나온다
죽지 않는 그가 벽화 속에서 환히 웃는다
미처 다하지 못한 말들
젊은 이등병의 열차에서
눈물로 덜컹거린다
술보다 더 깊이 취하게 하는 목소리
그 어떤 무게도 무릎을 꿇린다
세월만큼 표정도 미소도 녹아내린다
어떤 악기가 저 목소리를 흉내 낼까
어떤 악기가 저 슬픔을 길어 올릴까
골목마다 숨어 있던 그가
벽화에서 꽃으로 피어난다
비 오면 그 숨결 더욱 가깝고
바람 불면 그 발자국 귀에 감긴다
흐린 가을 하늘에게 편지 한 통 보내면
그도 나도
휴식 같은 휴식에 빠져들 수 있을까

모래 여인

언덕 위에
한 여인을 그리고 나면
어디선가 바이올린 선율이 흐른다

바닷바람 사이로

잎이 돋아나고 꽃이 피어나고

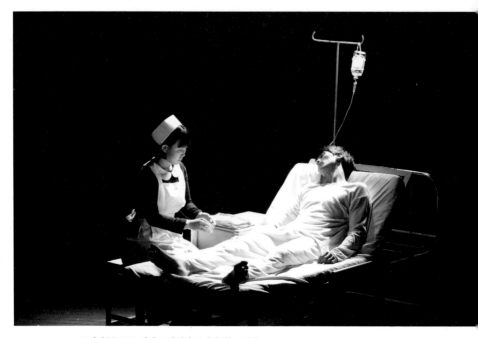

뮤지컬 '윤동주, 점점 투명해지는 사나이' 중에서

투명해지다

우물 속에
달과 구름과 그가 있었지

세상은 온통 아픈 사람들
그는 병들지 않았는데
몸에 바다가 흐른다

하늘과 바람과 별과 청춘
다시 볼 수 있을까

신의 한 수

네모난 반상 위
까만 돌 하얀 돌
엎치락뒤치락

절묘한 그림자가 던지는
통렬한 비책

데자뷔

지금 이 자리 이 순간은
기시감 일까 미시감 일까
꿈인가 현실인가

젊은 날의 그녀가 꽃 속에 서 있고
오래전 친구들이 징검다리에 보이네

바람의 길

콩이 바람을 고르는 듯
바람이 콩을 고르는 듯

지나가는 바람이 춤을 추면
낮게 깔린 구름 사이로
낮 별이 쏟아진다

달이 뜨는 골목

눈 내리고 보름달 떠오르면
가로등이 없어도
남루한 골목길 환하게 밝았지

벗어나고 싶었지만
이제는 모퉁이마다 추억이 가득

고독

내가 외로운 건

온전히 혼자가
되지 못했기 때문이다

*가야진 용신제 : 경남 양산시 원동면 용당리에서 마을의 안녕과 풍농기원

가야진 용신제*

물의 神을 다독이며
시간과 강물과 바람과 더불어
얼었던 대지를 흔들어 깨우리

그릇을 위하여

젖은 시간이 돌아간다

고요한 호흡과
뜨거운 땀방울도 회전하는 이 순간

뜨거운 불길 건너기 전
지금은 모든 것이 하나가 된다

그물을 다듬다

옷감 바느질이 구멍을 깁는다면
그물 바느질은 구멍을 여는 것

옷이 바람을 막는다면
그물은 물 흐르듯 보낼 건 보내야 하리

이건 너무 촘촘해 넓혀야겠구나

노을 속으로

밝음의 끝은
또 다른 시작인가

어둠의 시작은
또 다른 끝인가

노을 지다

하루의 이야기들
수평선 아래로 사라진다

발아래
물길 흐르는 소리
생각을 버리고 건져 올린다

산 그림자
물결에 흩어지고
내 안에 내가 머무는 시간

파도 이야기

끝없는 몸부림
아픈 밀어를 나눈다

맴돌다 포옹하다
맺을 수 없어
끝내 눈물 왈칵 쏟아낸다

하루 종일
철썩이는 상념의 편린들

삭일 수 없어
걸리고 넘어지던 생각들
수평선과 바위를 넘나 든다

물 위의 허수아비

바람을 타면서
너를 지키는 것 또한 내 몫이다

누군가가 불러주길 바랬지만
그때마다 때늦은 빗장을 걸어야만 했다

네게 햇살이 되지 못한 난
걸핏하면 세상에 걸려 넘어졌다

눈앞에 핀 서리꽃을 보면
물 위의 부표 같은 바람소리만 들린다

내 어깨에 던져진 무게
이제, 더는 아프지 않게
푸른 달빛 펼쳐 널고 있다

달동네

햇빛 한 자락 문을 열어젖힌다

비틀거리는 담벼락
주전자엔 녹슨 햇빛만 맴돌고
철없이 피어난 풀꽃은 꿈을 좇아
긴 터널을 뚫는다

계단은 천국이라도 헤매는 걸까
닫힌 문은 아린 상처로 서 있다
위를 보면 끝없는 욕망
아래를 보며 잠시 내려놓는다

그토록 벗어나고 싶었던 곳
이제는 추억으로 달려가는 곳

제3부

회상 2

한 조각 구름이었는지
한바탕 연기였는지

지난날 뒤돌아보니
굽이굽이 걸어온 길들이
문득, 한나절 같구나

삼백일체(三白一體)

하늘에 떠다니던 구름들
내게로 내려와 맴도는 사이
모두 하얗게 변해가고 있었네

허공에서나 내 앞에서나
언젠가는 사라지는 것들

오래된 길

끊어졌다
이어졌다
바람의 기별 따라 흘러온 길

지팡이 하나로
몸과 땅이 이어지고 있다

태양의 뒤편

등 뒤로 햇살 내려앉는다

반짝이는 만큼
가벼워질 수 있는 삶이라면
그 햇살 온몸에 감겠네

느린 바퀴 밤늦도록 오르던
가파른 언덕길
저 길 따라
수레도 등 굽은 곡예를 한다

삽화 한 점

바람이 손끝을 스쳐 가는 날
물건을 팔고 사는 일보다
틈과 틈 사이, 햇살과 사람 사이
공백의 마음들이 웅성거린다

삶의 오선지에 걸린
삽화 몇 점 따라
파란 매직으로 눈썹까지 단장한
강아지 눈동자마저 젖어 있다

늙수그레한 얼굴들
쓸쓸히 돌아가는 해거름 길
까만 비닐 한 장만
애써 어둠을 가로막는다

장날은 외로움을 잊는 날
그래서 더욱 외로운 날

첫사랑의 봄

긴 겨울 견뎌낸 달빛
참을 수 없어 꽃으로 피어났지

뜨락 위에 아픔이 돋는 날
시린 눈물 속에
꽃등불이 켜지네

꽃이 지는 날

눈물 같은 꽃이 있고
꽃 같은 눈물이 있네

때로는
슬프도록 아름다운 날이 있네

나비춤

얼마나 가벼워져야
나비 되어 날 수 있을까

탑이나 바위 끝은 하늘과 가까운 곳
마음이나 몸이나 무거우면 힘든 것
또 다른 자아가 날아오른다

바라춤

하늘도 산도 내려와
하나 되어 춤추네

잠시 허공이 되어
휘어진 다리 위로 다시 날아가네

눈물도 그리움도 꽃잎으로 피어나네

학춤

사뿐사뿐 발끝 세우고
흰 구름 깃에 묻히며
천 년 그리움은
달빛으로 흘러온다

능선을 타고 오르는 날갯짓
때로는 설움의 깃털
사랑의 깊이로 쏟아져
이윽고 학이 된다

산사의 봄 1

고해를 지나 세심교 건너도
숲을 오르면 가시밭길이었지

등 뒤로 꽃그림자 아롱지며
둥글게 휘어진 길 건너면
진리의 세계로 갈 수 있을까

산사의 봄 2

지금 바깥세상엔
강물과 바다 위로
큰 다리가 놓이는 계절

피안의 세계로 가는 돌다리엔
오래전이나 이번 봄이나
어김없이 환한 벚꽃이 흩날린다

운곡서원 은행나무

왕신리 접어들면
무너질 듯 가파른 길이
서둘러 반긴다
삼백 년도 더 지난 은행나무
달려와 안기고

주인 손길 끊어진 향정원에선
아직도 토장국이 끓고
피다 만 풀꽃은 장독대에 기대어 있다
소망들 넘쳐나는 정화수엔
간절한 발자국만 남았다

바람과 함께 온 은행잎은
유연정 기와에 흔들리고
은행나무는 제 삶을
일찌감치 긴 세월과 맞바꿨다
다 버리고 한 길 걷는 이여
뒷모습은 은행나무를 닮았다

하늘꽃 피다

소리 없는 향기들
산사에 가득 찼다
올올 틈새마다 봄빛은 머물고
쪽빛 찰랑이는 소리들
하늘 아래 숨 쉰다

작약꽃, 삶의 행간 거니는
찻잎 흔들리는 곳

기다란 광목천 펄럭이는
서운암 언덕은
하늘빛 물빛으로 가득하다

벚꽃의 기억

지금 달려오는 봄은
베토벤 운명 교향곡 5번이다
레일을 타고 당당하게 돌진해 온다

거부할 수 없는 봄
내 사랑이 그랬다

가을 역에서

어둠이 가득했을 때나
너무 밝았을 때는 보이지 않았지

마음이 기울어 비스듬한 빛이 되었을 때
비로소 보이기 시작했어

그대와 나의 엇갈린 평행선

이팝나무 아래 이별을 묻다

바람이 구름을 휘저어 가는
이팝나무 아래에서
이별을 하면 어떨까

늘 잠겨있던 하늘 열려
빛이 스며드는 자리
그대는 눈꽃으로 왔다

손 닿지 않는 시간들
기억들은 아픈 가지를 흔들고

그대를 생각하는 사이
지치지 않은 눈은 내리고
사북 사북 눈길 밟는
아득한 걸음 하나 듣는다

심원(心願)

물이나 마음이나
고요하면 가라앉는 것
정화수는 맑음 그대로이다

청정하고 간절한
바람 한줄기 스친다

개기월식

오늘은 보름달 뜨는 날
지금 이 순간 반달이 지나고 있네
태양과 달 사이에 지구가 끼었지

하지만 당신과 나 사이엔
아무도 끼지 않았으면 좋겠어

제4부

나의 가을

눈이 오는 게 아니다
꽃이 날리는 게 아니다
잎이 떨어지는구나

떨어짐이 이렇게
아름다운 날도 있다니

주남에 가면

수면을 선회하며
맘껏 환희를 내 지른다
자연을 그대로 내버려 둔 곳
둑길을 따라 가면 누구라도
몸 곳곳 날개가 돋는다
해질녘 날갯짓은
하늘에 검은 융단을 펼친다

얼어붙은 수면 위로
뜨거운 언어를 풀어낸다
철새는 별을 등대 삼아
쉬지 않는 날개로
북국의 시름을 털어낸다
갈대가 흔들리고
머나먼 여로의 몸짓에
꿈의 길이 보인다

가훈

우리는 진흙이나 갯벌에서도
하얀 옷을 더럽히지 않는
고귀한 혈통이야

기품 있는 날갯짓을 위해
충분한 준비과정도 필요하단다

아침 바다

밤새도록
수평선에 깔린 어둠이
부서지며 사라지네

지금은 파도가
환하게 빛이 되는 순간

해국의 아침

몇 날을 지새운 고통
바위틈에서 피어났구나

파도의 눈물
바람과 햇살의 흔적
흐르는 구름도 꽃이 된다

녹차밭

소리 없이 머무는 것들
우산 속으로 들어온다

빗방울이 되는 물결이여
찻잎이여
지평선에 피어올라
길 따라가는 아지랑이
먼 길 걸어
어느새 다른 세상

소소한 것들
실타래로 얽히고설킬 때
이랑으로 풀어내는
차 밭으로 간다

설유화

봄눈을 닮았다
후욱 불면 날아갈 듯
눈꽃으로 피었다

마디마다 향기
수줍게 흔들린다

달빛 속을 걸어간다
아쉽게 너를 보내고
눈물로 불던 바람

*혼신지 : 경북 청도군 화양읍 고평리의 마을에 있는 저수지

혼신지*의 겨울

물결을 걸어오는 햇살
붉어지는 하늘과 수면

한여름 뜨거움 속에
노래하던 연蓮
하나씩 꽃잎 떨구며
다시 태어나기 위해
겨울을 견딘다

피카소 줄기가 남긴 언어들
서산을 넘으면
춥고 버려진 것들
서로 껴안으며 길을 만든다

작별을 위해
무늬를 만들었던 손짓들
겨울에도 연꽃의 노래가 있다
덜컹거리는 트럭도
텅 빈 시골 버스도 노래가 된다

겨울 연의 노래

연지는 경계 없는 오선지다
환하게 퍼지는 수면과 빛의 노래
바람이 전하는 마른 줄기의 전율
붉은 노을이 불러오는 잃어버린 태양

꽃의 우편함

한없이 슬프다는 나무의 편지가
빈 우편함 같은 기억으로 깨어나
다시 잠들지 못하는 도시로 배달된다

우울이 소인으로 찍힌
꽃잎이 어둠에 흔들리며
떨어지는 사연을 읽는다

창마다 꽃등 켜고 붉어가는 밤
안개꽃 피어 홀로 흐르던 사연도
귀퉁이 찢긴 편지지에 끼워져 있다

텅 빈 도시를 가을비가 채운다
오래된 친구 같은 불빛들
주소를 묻고 가는 바람결에
봉하지 않은 답신을 부친다

서리꽃

우듬지마다 꽃을 피우며
우주를 흔들 수 있을 것 같지만
바람이 길을 찾아오면
우린 헤어져야 해요

꽃들이 깨어나기 전
눈부신 땅으로 내려가
뿌리에서 푸른 생명을
길어 올려야 하거든요

태양이 그리워
누군가 나를 보면 알 거예요

눈물이 되어도 슬프지 않을 사람
땅속으로 숨어도 서럽지 않을

그녀의 동백

슬픔도 아니면서
갈증도 아니면서
목 놓아버린 순간이 있었지

붉은 피 한 줌 토하고 난 뒤
새로운 꽃이 피어나고 있었어

동백의 눈물

지금은 찬란하지만
내게도 슬픈 기억이 있네

바람에 매달릴 겨를 없이
한순간에 떨어진 그날

울었던 그 자리 다시 봄을 기다리네

모세혈관

평생을 그늘에 살았지
푸른 순환 속 검은 그림자

때로는 어둠도
삶을 지탱하는 힘이 된다

거미의 집

허공 위의 투명한 줄은
집이 되고 일터가 된다

꽃은 지붕이 되고
푸른 잎은 마당이 된다

복수초

-꽃 피우며 눈을 녹이는 생명력
-벽에 걸어두면 아픔이 사라질까
생과 사를 건너온 오래된 시인이 말했네

원수 갚는 복수(復讐)가 아니야
복과 수명을 주는 복수(福壽)의 화신

민들레의 눈물

산과 들 떠돌다
시냇물을 건너
이번 생엔 바위 아래
꽃을 피웠네

작은 눈물과 응어리들
구름으로 피어오르면
굵은 빗줄기가 되는 날 있지
오늘은 작달비가 쏟아지네

얼레지

햇빛과 바람 불러
간신히 꽃대 밀어 올리는
숨 가쁜 몸짓

꽃 한 송이 핀다는 것은
숨죽이는 큰 떨림

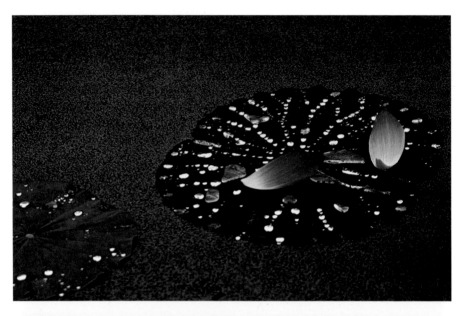

꽃지다

달빛 사이로
꽃 지는 저문 강가에
눈물 밤새워 쓸어내립니다

비 맞으며 떨어지는
꽃의 표정을 읽습니다

잔잔한 물결에 속내 감추며
꽃 떨어진 상처

때로는 아픔을
아무도 모르면 생생한 빛이 됩니다

가을의 눈물

운문사 뒤뜰
가을이 깊게 쌓였다
오랜 전설 키우는 은행나무 아래

세속의 모든 것들
다 놓아 버리고
홀로 떠나온 길

은행나무는 마지막을 고하며
그 아픈 잎새를 떨어뜨린다
한 잎 한 잎

발밑으로 멀어지는 인연들
눈물겨운 낙화를
바람은 알고 있는지

산사를 휘돌아가는
시냇물이 아니어도 좋다

고요하게 투명하게
비워 내는 이 계절